Max von Pettenkofer

Über Kohlensäuregehalt der Luft im Boden - Grundluft von München in verschiedenen Tiefen und zu verschiedenen Zeiten

Antigonos

Max von Pettenkofer

Über Kohlensäuregehalt der Luft im Boden - Grundluft von München in verschiedenen Tiefen und zu verschiedenen Zeiten

Unveränderter Nachdruck der Originalausgabe von 1871.

1. Auflage 2024 | ISBN: 978-3-38635-077-8

Antigonos Verlag ist ein Imprint der Outlook Verlagsgesellschaft mbH.

Verlag: Outlook Verlag GmbH, Zeilweg 44, 60439 Frankfurt, Deutschland, info@outlook-verlag.de
Vertretungsberechtigt: E. Roepke, Zeilweg 44, 60439 Frankfurt, Deutschland
Druck: Libri Plureos GmbH, Friedensallee 273, 22763 Hamburg, Deutschland

gewöhnliche Alpenkalkgerölle der bairischen Hochebene, bis
zum Spiegel des Grundwassers hinab, welches sich an dieser
Stelle in einer Tiefe zwischen 5 und 6 Meter unter der Oberfläche findet.

In den Schacht wurden 5 Bleiröhren von 1 Centimeter
Durchmesser in gleichen Abständen von einigen Centimetern
von einander, aber von verschiedener Länge eingehängt und
der Schacht mit dem nämlichen ausgehobenen Erdreich wieder vollgefüllt und möglichst festgestampft. Die von der
Oberfläche in den Boden hineinreichenden Bleiröhren münden
in verschiedenen Tiefen

Röhre I 4 Meter unter der Oberfläche,
„ II 3 „ „ „ „
„ III 2 $^{1}/_{8}$ „ „ „ „
„ IV 1 $^{1}/_{2}$ „ „ „ „
„ V $^{2}/_{8}$ „ „ „ „

Von der Oberfläche wurden die Bleiröhren nach der
Wand des Hauses fortgesetzt, an der Wand hinauf und durch
entsprechend im Fensterstock gebohrte Löcher ins Laboratorium hineingeführt, wo sie mit Aspiratoren in Verbindung
gesetzt werden konnten, welche eine bestimmte Menge Luft
durch eine gemessene Menge titrirten Barytwassers zu saugen
gestatteten.

Die am Hause für Anlegung des Schachtes gewählte
Stelle ist frei von jeder Verunreinigung an der Oberfläche,
welche etwa zu einer Kohlensäure-Entwicklung oder Bildung
unter der Oberfläche Veranlassung geben könnte. Auch in
der seitlichen Umgebung findet sich bis zur Tiefe des Schachtes
nichts, wovon eine Störung der Beobachtungen vorausgesehen
werden könnte. Nur östlich von der Stelle, wo die Röhren
versenkt sind, findet sich eine Versitzgrube, welche neben
Brunnen- und Regenwasser auch Abwasser aus dem Laboratorium aufnimmt. Da könnte man sich allerdings denken,
dass zeitweise nicht bloss neutrale oder alkalische, sondern

auch stark saure Flüssigkeiten in die Grube gelangen und beim Versitzen in dem Kalkgerölle Kohlensäure entwickeln könnten. Um aber die Möglichkeit eines solchen Einflusses von vorneherein auszuschliessen, wurde schon einige Zeit vor dem Anfange dieser Beobachtungen und seitdem ununterbrochen alles Abwasser aus dem Laboratorium, was Säuren enthalten konnte, ehe es weggegossen wurde und in die Versitzgrube gelangte, stets mit Kalkmilch zuvor neutralisirt, bis es schwach alkalisch reagirte.

Die Abtrittgruben, von denen man bei zu grosser Nähe auch einen Einfluss vermuthen könnte, befinden sich mitten an der westlichen Seite des Hauses und in einer Entfernung, dass sie an sich wohl kaum einen direkten Einfluss haben können. Das Gefäll des Grundwassers geht in dieser Lage Münchens von Südwest gegen Nordost, mithin in einer Richtung, dass das Wasser aufwärts fliessen müsste, um von den Abtrittgruben, die allerdings Versitzgruben sind, an die Stelle zu gelangen, wo die fünf Bleiröhren im Boden stecken.

Wer in meinem Laboratorium diese Vorrichtung, aus verschiedenen Tiefen des Bodens durch verhältnissmässig lange und enge Röhren Luft zu saugen, noch gesehen hat, kam regelmässig auf den Gedanken, dass dies nur langsam und schwierig erfolgen könnte, und um so schwieriger, je tiefer unter der Oberfläche die Luft hervorgeholt wird; denn die wenigsten Menschen haben eine richtige Vorstellung von der grossen Menge und der grossen Beweglichkeit der Luft im Boden. Man kann sich aber mit dem eigenen Munde leicht überzeugen, dass durch eine Röhre, welche die Luft 14 Fuss unter der Oberfläche aus dem Boden hervorholt, ganz mit derselben Leichtigkeit zu saugen ist, als wenn ein ebenso weites und langes Bleirohr in der freien Luft liegt. Ich habe eigens mit einem Manometer untersucht, wie lange etwa, nachdem man eine Zeit lang die grösstmögliche Luftmenge (9 bis 10 Liter in der Minute) aus dem tiefgehenden

Rohre I mittels der Glocke eines Gasbehälters, die man in die Höhe zieht, gesaugt und dann plötzlich den Hahnen der zum Gasbehälter führenden Röhre geschlossen hat, — wie lange da es noch dauert, bis sich der Druck der Luft in Röhre I mit dem Druck der Atmosphäre wieder ins Gleichgewicht setzt. Der Austausch erfolgt so unerwartet schnell, so momentan, dass man annehmen muss, dass zwischen einem 14 Fuss tief im Boden steckenden und einem in freier Luft liegenden Rohre von gleichem Kaliber wie Nr. I gar kein Unterschied statthat. Die Druckdifferenz, welche das Manometer zeigt, während man Luft aus dem Boden saugt, hängt demnach viel mehr von den Widerständen der Luft im Bleirohre, als von den Widerständen ab, welche die Luft im Boden findet, um durch ihn hindurch zur unteren Mündung des Bleirohres zu gelangen. Wenn man mit einem Gasbehälter in der Minute 10 Liter Luft aus der Röhre I 14 Fuss tief aus dem Boden saugen kann, ohne dass das Manometer an der Röhre auch nur eine Sekunde später noch eine Druckdifferenz zwischen der Luft im Boden und der freien Atmosphäre anzeigt, dann kann es auch nicht Wunder nehmen, dass man aus Röhre I mit dem Munde saugen kann, ohne irgend einen Widerstand zu spüren, denn in letzterem Falle aspirirt man höchstens den zwanzigsten Theil der Luftmenge, welche man mit der Gasglocke aspirirt hat.

Die Untersuchung auf Kohlensäure geschah in derselben Weise, wie bei Untersuchung des Kohlensäuregehaltes der Luft überhaupt und namentlich wie beim Respirationsapparate, worüber ich bei andern Gelegenheiten ausführliche Mittheilung gemacht. Für eine Bestimmung wurden 14 bis 18 Liter Luft binnen $2\frac{1}{2}$ bis 3 Stunden aspirirt. Anfangs wurde nach Gutdünken, ohne festen Plan bald die eine, bald die andere von den 5 Röhren zur Bestimmung der Kohlensäure in der Bodenluft verwendet; nachdem es sich aber gezeigt hatte, dass der Kohlensäuregehalt in den verschiedenen

Tiefen im Boden ziemlich regelmässig von unten nach oben
geringer wird, und dass nur die Luft in der obersten Schichte
(Röhre V) von plötzlichen Wechseln der Temperatur und
der Windstärke in der Atmosphäre stark beeinflusst wird,
wurde in der Regel Luft aus Röhre I und Röhre IV, also
aus Tiefen von 4 und 1½ Meter untersucht, und zwar gleichzeitig, so dass man immer ersehen konnte, wie zu gleicher
Zeit der Kohlensäuregehalt in 4 Meter und 1½ Meter Tiefe
war.   In jeder Woche wurden einige solche Bestimmungen
gemacht.

Mein Assistent Herr Ludwig Aubry hat mich bei dieser
langwierigen Arbeit stets unverdrossen und bestens unter-
stützt, und während der Herbstferien, so lange ich und Herr
Aubry zugleich von München abwesend waren, hat Studiosus
Medicinae Herr Vögeli die Bestimmungen mit aller Sorgfalt
gemacht.

Die folgende Tabelle enthält die Ergebnisse von 280
Bestimmungen, die Kohlensäure auf 1000 Volumtheile Luft
bei 0° C. und 760 Millimeter Barometerstand berechnet. Die
Originalzahlen aller dieser Versuche abzudrucken halte ich
vorläufig für überflüssig; ich bewahre sie in einem Tage-
buche auf, auf das man gegebenen Falles jederzeit zurück-
greifen kann.

1870	Kohlensäuregehalt der Grundluft in 1000 Volumtheilen					Bemerkungen
	I	II	III	IV	V	
September						I, II, III, IV u. V be-deutet Luft aus 4, 3, 3½, 1½ u. ²/₃ Metern Tiefe im Boden.
22.	6.759	—	—	—	—	
27.	—	6.666	—	—	—	⎱ Beide Versuche hinter-
	—	6.624	—	—	—	⎰ einander gemacht.
30.	5.163	—	—	—	—	
Mittel	5.961	6.645	—	—	—	

1870	Kohlensäuregehalt der Grundluft in 1000 Volumtheilen					Bemerkungen
	I	II	III	IV	V	
Oktober						
6.	—	—	—	—	1.980	
10.	—	—	—	—	1.790	
17.	5.794	—	—	—	—	
	—	—	—	—	1.484	
18.	—	—	—	—	1.451	
20.	5.635	—	5.175	—	0.956	
22.	—	4.730	—	—	—	
	—	4.810	—	—	—	
24.	—	4.623	—	—	—	
25.	—	4.354	—	—	—	
Mittel	5.715	4.629	—	—	1.532	
November						
10.	—	3.712	—	—	—	
11.	3.953	—	3.258	—	1.799	
December						
5.	4.116	—	—	—	—	
6.	4.368	—	—	—	—	
12.	4.446	—	—	—	—	
14.	4.024	—	—	—	—	
17.	—	—	3.259	—	—	
19.	3.575	—	—	—	—	
20.	3.366	—	—	—	—	
21.	3.433	—	—	—	—	
22.	3.676	—	—	—	—	
29.	3.231	—	—	—	—	
31.	3.296	—	—	—	—	
Mittel	3.753	—	—	—	—	

1871	Kohlensäuregehalt der Grundluft in 1000 Volumtheilen					Bemerkungen
	I	II	III	IV	V	
Januar						
3.	3.061	—	—	—	—	
5.	3.032	—	—	2.447	—	
7.	3.088	—	—	2.512	—	
9.	3.186	—	—	2.578	—	
10.	3.416	—	—	2.499	—	
11.	3.323	—	—	2.215	—	
13.	3.36	—	—	2.35	—	
14.	—	3.24	—	—	—	
16.	3.53	—	—	2.62	1.77	
18.	3.63	—	—	2.64	1.70	
19.	3.73	—	—	2.64	1.70	
20.	—	3.30	—	—	—	
21.	3.61	—	—	2.43	1.61	
23.	3.68	—	—	2.38	1.78	
25.	3.719	—	—	2.75	1.89	
27.	3.648	—	—	2.48	1.86	
30.	3.91	—	—	—	—	
Mittel	3.461	3.27	—	2.503	1.759	
Februar						
1.	4.037	—	—	3.216	1.630 }	Zu gleicher Zeit aus Röhre V entnommen.
	—	—	—	—	1.615 }	
3.	4.003	—	—	3.268	1.814 }	"
	—	—	—	—	1.799 }	
6.	4.087	—	—	2.755	1.755 }	"
	—	—	—	—	1.778 }	
8.	3.014	—	—	—	1.662 }	"
	—	—	—	—	1.541 }	
9.	4.913	—	—	—	—	
10.	5.081	—	—	2.561	1.291 }	"
	—	—	—	—	1.347 }	
13.	—	—	3.230	—	—	Röhre I, II u. IV einge-froren.
15.	—	—	3.956	—	—	
17.	—.	—	4.078	—	—	
	—	—	4.182	—	—	
20.	4.783	—	—	—	—	
	4.657	—	—	—	—	
21.	4.433	—	—	—	—	
	4.351	—	—	—	—	
23.	3.697	—	—	1.697	—	
25.	3.827	—	—	1.921	—	
28.	3.405	—	—	1.582	—	Starker Wind.
Mittel	4.176	—	3.861	2.428	1.623	

1871	Kohlensäuregehalt der Grundluft in 1000 Volumtheilen					Bemerkungen
	I	II	III	IV	V	
März						
2.	3.746	—	—	2.045	—	Vom 28. Februar auf
4.	3.893	—	—	2.293	—	1. März starker Schnee-
6.	3.886	—	—	2.467	—	fall, darauf schönes
8.	4.027	—	—	2.752	—	Frühlingswetter.
10.	3.604	—	—	2.469	—	Tags vorher starker
14.	3.650	—	—	2.542	—	Regen. Versuch bei
16.	4.180	—	—	2.573	—	starkem Winde.
18.	3.752	—	—	2.686	—	
20.	4.801	—	—	3.174	—	
22.	4.921	—	—	3.102	—	
23.	—	3.856	—	—	—	
	—	3.831	—	—	—	
24.	4.111	—	—	3.087	—	
27.	4.424	—	—	2.787	—	
29.	3.709	—	—	3.557	—	
31.	4.790	—	—	3.482	—	
Mittel	4.106	3.843	—	2.786	—	
April						
4.	5.286	—	—	1.851	—	
6.	5.067	—	—	1.976	—	
13.	4.346	—	—	2.961	—	
15.	4.310	—	—	3.935?	—	
17.	4.325	—	—	2.234	—	
19.	3.653	—	—	2.081	—	
22.	4.736	—	—	1.710	—	
24.	3.981	—	—	1.827	—	
26.	4.535	—	—	2.702	—	
28.	4.739	—	—	3.047	—	
Mittel	4.497	—	—	2.432	—	

1871	Kohlensäuregehalt der Grundluft in 1000 Volumtheilen					Bemerkungen
	I	II	III	IV	V	
Mai						
2.	4.828	—	—	1.064	—	
5.	5.107	—	—	3.949	—	
9.	4.920	—	—	4.813	—	
12.	6.312	—	—	5.703	—	
15.	5.778	—	—	6.073	—	Warmes Wetter.
17.	5.919	—	—	6.262	—	
20.	5.339	—	—	5.634	—	
23.	6.002	—	—	6.876	—	
26.	7.791	—	—	8.251	—	
Mittel	5.777	—	—	5.402	—	
Juni						
1.	7.684	—	—	9.059	—	
5.	7.271	—	—	9.713	—	Regnerisch und kühl.
7.	6.700	—	—	9.206	—	Regnerisch.
9.	—	—	—	5.057	—	Ebenso.
12.	6.400	—	—	7.418	—	
13.	—	8.615	—	—	—	
20.	6.729	—	—	5.916	—	
23.	—	—	—	7.005	—	
27.	5.723	—	—	8.396	—	
30.	4.053	—	—	7.553	—	
Mittel	6.365	—	—	7.702	—	
Juli						
3.	5.528	—	—	6.935	—	
6.	5.608	—	—	7.528	—	
11.	6.690	—	—	7.952	—	
13.	5.188	—	—	7.356	—	
14.	6.526	—	—	7.880	—	
18.	6.335	—	—	8.088	—	
20.	4.138	—	—	7.601	—	
21.	4.898	—	—	10.834	—	
25.	11.980	—	—	9.787	—	
27.	15.615	—	—	8.747	—	
31.	16.290	—	—	14.147	—	
Mittel	8.072	—	—	8.805	—	

1871	Kohlensäuregehalt der Grundluft in 1000 Volumtheilen					Bemerkungen
	I	II	III	IV	V	
August						
2.	16.525	—	—	12.412	—	
4.	17.130	—	—	10.690	—	
7.	18.389	—	—	8.476	—	
9.	17.454	—	—	12.043	—	
11.	16.812	—	—	12.730	—	
14.	16.386	—	—	12.130	—	
16.	15.653	—	—	6.163	—	
18.	15.171	—	—	8.351	—	
21.	14.455	—	—	9.452	—	
23.	15.848	—	—	10.214	—	
25.	14.934	—	—	8.744	—	
28.	16.158	—	—	11.068	—	
30.	14.883	—	—	12.565	—	
Mittel	16.138	—	—	10.387	—	
September						
1.	15.790	—	—	11.352	—	
4.	14.592	—	—	8.510	—	Bewölkt.
6.	14.875	—	—	10.105	—	Schönes Wetter.
8.	15.280	—	—	9.531	—	Sturm.
11.	14.967	—	—	12.233	—	
13.	15.457	—	—	12.610	—	
15.	14.934	—	—	12.650	—	
18.	14.689	—	—	—	—	
20.	14.495	—	—	12.376	—	
22.	14.179	—	—	9.895	—	Regen mit Sturm.
25.	12.587	—	—	6.902	—	"
27.	11.128	—	—	7.641	—	"
29.	9.241	—	—	5.444	—	Schönes Wetter.
Mittel	14.016	—	—	9.937	—	
October						
2.	7.525	—	—	3.409	—	Seit 2 Tagen kühl mit viel Regen und Wind.
5.	6.586	—	—	2.696	—	
7.	6.377	—	—	3.204	—	"
10.	6.212	—	—	3.367	—	
12.	6.238	—	—	4.219	—	Schönes Wetter.
16.	6.560	—	—	5.057	—	
19.	6.333	—	—	4.902	—	Neblig.
24.	6.203	—	—	4.939	—	Schönes Wetter.
27.	6.178	—	—	5.033	—	
30.	6.413	—	—	5.032	—	
Mittel	6.462	—	—	4.185	—	

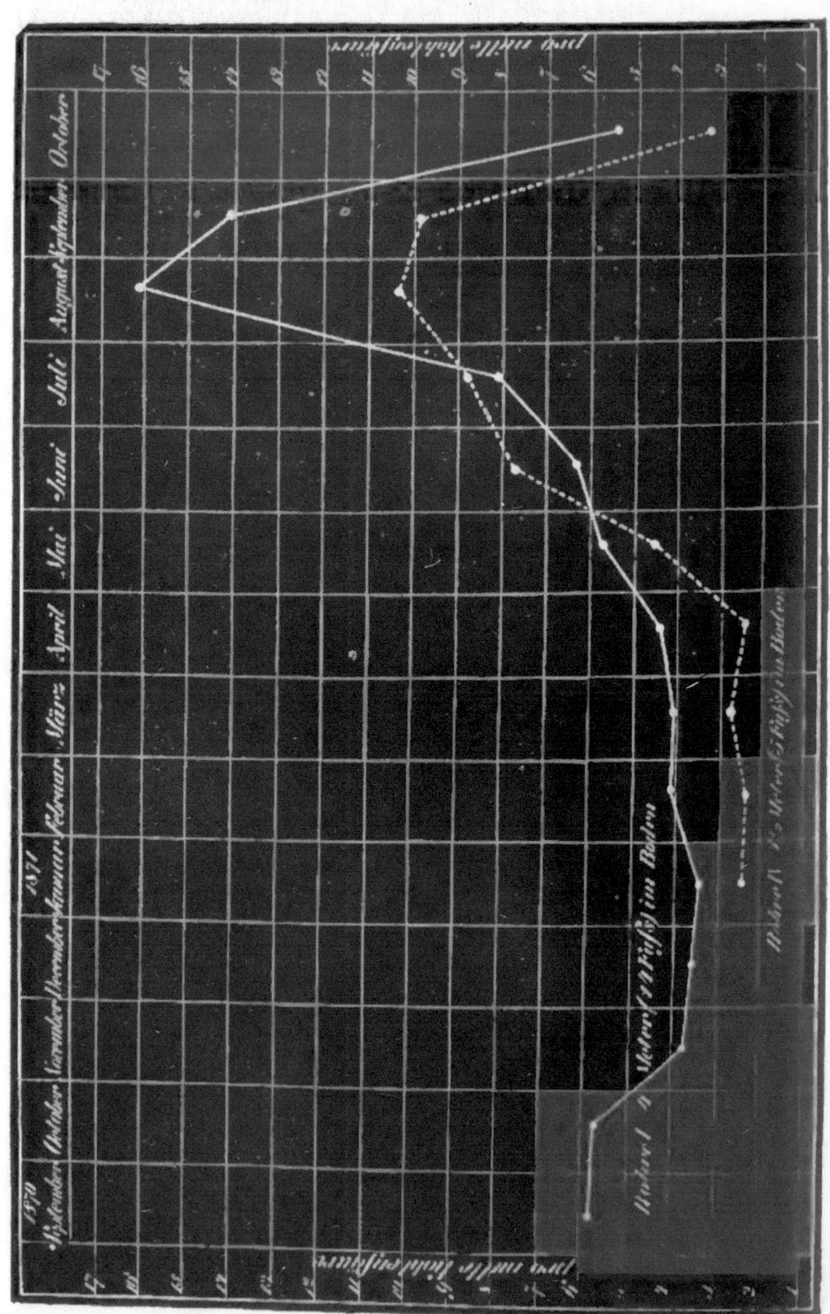

Ueberblickt man diese Zahlenreihen zuerst nach ihren mittleren monatlichen Werthen, welche aus den beiden am regelmässigsten und häufigsten untersuchten Röhren I (4 Meter Tiefe) und Röhre IV (1 ½ Meter Tiefe) resultiren und welche auch graphisch dargestellt sind, so findet man, dass die Luft in der oberen Bodenschichte den grössten Theil des Jahres hindurch immer weniger Kohlensäure enthält, als die Luft aus der unteren Schichte. Dieses Verhältniss kehrt sich aber im Sommer für kurze Zeit ins Gegentheil um, wo im Juni und Juli die obere Schichte mehr Kohlensäure (7.70 und 8.80) zeigt, als die untere (6.36 und 8.07).

Dieses plötzliche Wachsen der Kohlensäure in der oberen Schichte scheint aber nur der Anstoss zu einer verhältnissmässig noch grösseren Vermehrung derselben in der unteren Schichte zu sein, denn im August und September überholt die untere Schichte die obere wieder in einem ganz auffallenden Grade. In der oberen Schichte steigt der Kohlensäuregehalt von 8.80 im Juli auf 10.38 im August und 9.93 im September, hingegen in der unteren Schichte steigt er von 8.07 im Juli auf 16.13 im August und 14.01 im September.

Die Abnahme oder der Niedergang vom September zum Oktober ist in beiden Schichten ein sehr beträchtlicher und steiler, in der oberen Schichte sinkt die Kohlensäure von 9.93 auf 4.18, in der unteren von 14.01 auf 6.46 pro mille, mithin überall um mehr als 50 Procent. —

Die Maxima und Minima sämmtlicher Einzelbeobachtungen fallen in beiden Schichten ziemlich gleichzeitig zusammen. Die grösste Menge Kohlensäure in der unteren Schichte (Röhre I) 18.38 pro mille wurde am 7. August, in der oberen Schichte (Röhre IV) 14.147 pro mille am 31. Juli beobachtet — die geringste Menge in der unteren Schichte, 3.01 pro mille am 8. Februar, in der oberen Schichte 1.58 pro mille am 28. Februar. Hienach scheint beim Maximum die obere Schichte der unteren, und beim Minimum die untere Schichte der oberen um mehrere Tage vorauszugehen.

Um den zeitlichen Einfluss auf die Vermehrung der Kohlensäure deutlicher hervortreten zu lassen, kann man das Mittel aus allen Monatsmitteln für jede der beiden Schichten nehmen, und vergleichen welche Monate über und unter diesem Jahres-Mittel liegen. Bei Röhre I, der untersten Schichte, ist das Mittel aus allen Monaten 6. 6 pro mille. Nur die Monate Juli, August und September 1871 liegen über diesem Jahresmittel, alle übrigen darunter. Folge dieses Verhältnisses ist, dass die drei genannten Monate viel höher über dem Mittel stehen müssen, als die übrigen unter demselben, und es zeigt sich deutlich, dass die Ursachen der Vermehrung der Kohlensäure in den untersten untersuchten Bodenschichten hauptsächlich nur in den Monaten Juli, August und September wirksam sind.

Ein ganz ähnliches Resultat ergibt die obere Schichte, Röhre IV, wo sich die Monate Juni, Juli, August und September über das Mittel erheben. Hier ist es ein Monat mehr, als im vorhergehenden Fall. Auch andere Betrachtungen zeigen, dass in der oberen Schichte die Kohlensäure-Entwicklung oder Vermehrung eine beständigere und gleichmässigere ist, als in der unteren.

Im Ganzen gewahrt man in den zeitlich aufeinanderfolgenden Monatsmitteln beider Röhren eine ziemliche Stetigkeit der Ab- und Zunahme: inzwischen fehlt es aber doch auch nicht an Schwankungen und Sprüngen, die zu gross sind, um von Unsicherheiten in der Methode der Bestimmung der Kohlensäure herrühren zu können. So geht z. B. bei Röhre IV die Kohlensäure vom 11. Januar anfangend von 2. 21 bis 2. 64 per mille am 18. und 19. Januar erst in die Höhe, um dann wieder bis auf 2. 38 am 23. Januar zu sinken, und sich bis 1. Februar nochmal bis 3. 2 zu erheben.

Vom 3. Februar an endlich sinkt sie fortwährend bis auf's Minimum 1.58 am 28. Februar.

Auch bei Röhre I kommen, obschon seltener, doch auch Sprünge und Schwankungen vor. So steigt z. B. im März 1871 auch in der 4 Meter tiefen Bodenschichte die Kohlensäure vom 2. bis 8. März von 3.74 bis 4.02, fällt dann bis zum 10. wieder auf 3.60, und steigt sodann bis zum 16. auf 4.18, bis zum 22. sogar auf 4.92, um am 29. wieder auf 3.71 zurückzukehren.

Sehr merkwürdig erscheint mir der Monat Juni. Er fängt im Vergleich mit den vorausgehenden Monaten in beiden Schichten sehr reich an Kohlensäure an, die aber schon nach der ersten Woche wieder sehr beträchtlich zurücksinkt und sich auch am Ende des Monats noch nicht zur anfänglichen Höhe mehr aufschwingt.

Auch im Juli kommen merkwürdige Schwankungen vor. Bei Röhre I sinkt die Kohlensäure am 20. Juli zurück auf das Mittel des Monats März 4.14, steigt nur wenig bis 21., erhebt sich aber bis zum 25. auf 11.98, am 27. auf 15.61, am 31. auf 16.29 pro mille, hat sich also binnen 11 Tagen vervierfacht.

Die namentlich in der untersten Schichte so plötzliche, fast explosionsartige Vermehrung der Kohlensäure im August und September und das noch steilere Abfallen vom September auf den Oktober erinnert in überraschender Weise an das zeitliche Bild vom Verlauf gewisser Epidemien, welche mit Bodeneinflüssen zusammenhängen.

Es ist zu gewärtigen, dass der Kohlensäuregehalt der Grundluft in verschiedenen Jahren eben solche Verschiedenheiten zeigen wird, wie der Stand des Grundwassers. Schon die bisherigen Erfahrungen lassen deutlich erkennen, dass sich in verschiedenen Jahren die gleichen Monate sehr verschieden verhalten können. Nach den Bestimmungen, welche für Röhre I vom 22. und 30. September 1870 vorliegen, betrug der Kohlensäuregehalt im Mittel 5.96, nach den Bestimmungen für den gleichen Zeitabschnitt im Jahre 1871 hingegen betrug er 11. 78, d. h. gerade das doppelte.

Die grösste Kohlensäuremenge im Boden scheint mit der grössten Wärme der oberen Schichten zeitlieh zusammenzufallen. Diese Thatsache stimmt sehr gut mit den Voraussetzungen, welche Delbrück in Halle und Pfeiffer in Weimar bezüglich des zeitlichen Auftretens der Cholera mit Rücksicht auf die Bodentemperatur gemacht haben. Dieses von Delbrück*) in Anregung gebrachte ätiologische Moment der Bodenwärme wird von Pfeiffer**) und durch diesen angeregt auch von anderen weiter verfolgt.

An diese Thatsachen knüpfen sich verschiedene Fragen, z. B. woher diese Kohlensäure im Geröllboden stammt, woher die so verschiedene Menge in verschiedenen Tiefen und zu verschiedenen Zeiten? Von welchen Ursachen die beobachteten „Schwankungen" abhängen? u. s. w. Welche Kohlensäurequellen können wir im Münchner Geröllboden voraussetzen? Dass humusreicher Ackerboden eine Kohlensäurequelle ist, haben die Agrikulturchemiker längst nachgewiesen, man nimmt an, dass die langsame Verbrennung, die Verwesung des Humus die Kohlensäure liefere; dass sich aber in einem Gemenge von unfruchtbarem Kalkgeröll und Sand, scheinbar frei von organischer Substanz, solche Mengen Kohlensäure finden, ist nach dem Stande unseres bisherigen Wissens doch etwas unerwartetes. Auf den ersten Blick scheint es am nächsten zu liegen, das Grundwasser, welches sich in diesem Geröllboden befindet, welches unsere Brunnen und Quellen speist, welches beträchtliche Mengen kohlensauren Kalk und Magnesia in Kohlensäure gelöst enthält, auch als die Kohlensäurequelle für die unmittelbare über ihm stehende Grundluft anzunehmen. Man weiss ja, dass die Luft mancher

---

*) Zeitschrift für Biologie Bd. IV S. 231.
**) Ebend. Bd. VII S. 300.

Brunnenschachte so viel Kohlensäure enthält, dass ein Licht darin nicht fortbrennt, sondern plötzlich erlischt, wenn es bis zu einer gewissen Tiefe im Schacht hinabgelassen wird; man weiss, dass sowohl beim Kochen dieses Wassers, als auch beim blossen Stehen desselben an der Luft Kohlensäure entweicht, und kohlensaurer Kalk, Pfannenstein abgesetzt wird.

Mit dieser Annahme würde auch die von mir nun gefundene Thatsache sehr gut übereinstimmen, dass den grössten Theil des Jahres hindurch die Kohlensäuremenge der Bodenluft oder Grundluft mit der Entfernung vom Spiegel des Grundwassers nach oben abnimmt. Diese Thatsache hat sich allerdings im ersten Jahre der Beobachtung vom 12. Mai bis 21. Juli auch ins Gegentheil umgekehrt, in welcher Zeit die Luft $1^2/_3$ Meter unter der Oberfläche, also weit entfernt vom Grundwasser, mehr Kohlensäure enthält, als in einer Tiefe von 4 Metern in der unmittelbaren Nähe des Grundwassers. Da könnte man aber immer noch denken, eine continuirliche Kohlensäurequelle der Grundluft sei trotzdem das Grundwasser, in dieser Jahreszeit käme nur noch eine zweite Kohlensäurequelle im Boden dazu, wofür auch spräche, dass von dieser Zeit an bis Ende September sich die absolute Menge von Kohlensäure in allen Tiefen so beträchtlich vermehrt.

Die Abhängigkeit der Kohlensäuremenge der Grundluft von der Kohlensäuremenge des Grundwassers setzt voraus, dass einer Vermehrung oder Verminderung derselben in der Luft eine Vermehrung oder Verminderung im Wasser vorausgehen müsse, dass überhaupt der Kohlensäuregehalt des Grundwassers ebenso oder ähnlich schwanke, wie der Kohlensäuregehalt der Grundluft. Das ist nun nicht der Fall. Der Kohlensäuregehalt des Grundwassers ist kein unveränderlicher, aber ein viel constanterer als der der Grundluft. Ich beobachte den Kohlensäuregehalt der Thalkirchner Quellen seit längerer Zeit, und habe ihn nur zwischen 125 und 98 Milligramm per Liter schwanken sehen. Ebenso schwankt das Wasser eines sog. amerikanischen Brunnens, der unmittelbar an der Stelle sich befindet, wo die Grundluft auf Kohlensäure untersucht wird, innerhalb enger Gränzen. Diesen Widerspruch könnte man, wenn auch nur oberflächlich, dadurch zu erklären suchen, dass man zu verschiedenen Zeiten eine verschiedene Stärke der Ventilation der Luft im Boden nach oben annähme, welcher Luftwechsel zunächst nur auf die Kohlensäure in der Grundluft, und weniger auf die des Grundwassers wirken würde. Man könnte annehmen, im Winter wäre von der aus dem Grundwasser abgedunsteten Kohlensäure weniger in der Grundluft als im Sommer zu finden, weil im Winter die Luft im Boden wärmer ist, als über dem Boden, und daher von der darüber liegenden kälteren Luft der Temperaturdifferenz entsprechend fortwährend verdrängt und fortgeführt werden muss; im Sommer wäre es umgekehrt und bliebe die Kohlensäure gleichsam in der nicht wechselnden kälteren Grundluft liegen und sammle sich so zu einer bedeutenderen Höhe an.

Sobald man aber im Grundwasser die Kohlensäurequelle für die Grundluft erblicken will, erwächst zugleich die weitere Aufgabe, auch die Kohlensäurequelle für das Grundwasser aufzusuchen und nachzuweisen. Woher kann das Grundwasser seine Kohlensäure beziehen?

Aus der Kohlensäuremenge der atmosphärischen Luft und dem Absorptionscoëfficienten des Wassers für Kohlensäure lässt sich nach den Tafeln von Bunsen leicht berechnen, dass ein Liter Regenwasser bei mittlerer Temperatur und mittlerem Barometerstand in unsrem Klima nur Bruchtheile eines Milligramms, nie einen ganzen Milligramm Kohlensäure enthalten kann, womit auch alle Erfahrung übereinstimmt. Nun ergeben aber die Untersuchungen über das reinste Trinkwasser in München, wie es z. B. die Thalkirchner Wasserleitung, wie es Brunnen an der westlichen Peripherie der Stadt liefern, wo das Grundwasser der bairischen Hochebene noch nicht von stark bewohnten Ortschaften verunreinigt ankommt, im Liter bereits durchschnittlich 112 bis 125 Milligramme sogenannte freie Kohlensäure, so dass das Regenwasser, die einzige Quelle alles Grundwassers, seinen ursprünglichen Kohlensäuregehalt mehr als verhundertfachen muss, während es von der Erdoberfläche in die Quellen und Brunnen gelangt.

Wo empfängt nun das Regenwasser jene Kohlensäuremenge, welche es zu Brunnen- und Quellwasser macht? Aus den Schichten über oder unter dem Grundwasserspiegel?

Die Schichten unter dem Grundwasserspiegel, in welchen das von oben eindringende atmosphärische Wasser sich sammelt und sich auf einer wasserdichten Unterlage je nach deren Gefäll weiter bewegt, sind auf der bairischen Hochebene wenigstens nicht dazu angethan, als Kohlensäurequellen zu dienen. Dieses Wasser steht und bewegt sich in dem Alpenkalkgeröll, dessen Zusammensetzung der Art ist, dass sich aus seinen Bestandtheilen in Berührung mit atmosphärischem Wasser keine Kohlensäure entwickeln kann. Das Geröll ruht auf einer mächtigen tertiären Mergelschichte, welche nirgends Risse oder Spalten zeigt, aus welchen Kohlensäure etwa aus tiefer liegenden Kohlensäurequellen ausströmen könnte.

Man kann auch nicht annehmen, dass ins Grundwasser von der Oberfläche aus viele dort erst der Zersetzung anheimfallende organische Stoffe gelangten, welche Kohlensäure liefern. Die Beobachtung zeigt, dass gerade diejenige Schichte, in welcher das Grundwasser steht, am wenigsten organische Substanzen enthält, ja dass der Mangel an organischen Substanzen in dieser Schichte gerade eine unerlässliche Bedingung eines guten Brunnen- oder Quellwassers ist.

Aus vielen anderen Erfahrungen weiss man, dass die Oxidation organischer Substanzen sehr verlangsamt oder selbst ganz verhindert wird, sobald diese mit Wasser überdeckt sind (z. B. langsame Verwesung der Leichen in nassen Gräbern,

Ausdauer der Holzpfähle, Pfahlroste unter Wasser); man weiss ferner, dass die Oxidation oder Verwesung organischer Substanzen erst lebhaft wird, wenn das Wasser zurücktritt und Luft eindringen kann.

Die Art der Verunreinigung der Brunnen von der Oberfläche aus weist klar nach, dass nicht unter, sondern über dem Spiegel des Grundwassers die organischen Substanzen auf ihrem Wege durch den lufthaltigen Boden in die Brunnen zerstört werden, und dass jener Theil der organischen Substanzen, welcher bis zur Ankunft am Spiegel des Grundwassers nicht zerstört worden ist, im Wasser nicht rasch verändert wird. Wo Jauche durch eine poröse, mit Luft erfüllte, hinreichend hohe Sand- oder Geröllschichte dringt, da langt das versitzende Wasser unten beim Spiegel des Grundwassers oft frei von organischen Substanzen an; es findet sich der Kohlenstoff derselben als Kohlensäure, der Stickstoff oder das Ammoniak derselben als Salpetersäure im Wasser; — wo aber Jauche einen direkten Weg ins Grundwasser findet, oder wo ihre Menge zu gross ist, um auf dem Wege dahin gänzlich zerstört zu werden, dort lassen sich organische Substanzen und Ammoniak im Wasser nachweisen, die auch im Wasser nicht sofort weiter zerstört werden, sondern es ungeniessbar machen.

Es ist auch noch nie bezweifelt worden, dass die Kohlensäure in unsern gewöhnlichen Brunnen und Quellen vom Boden stamme, welchen das meteorische Wasser durchzieht, bis es in Brunnen oder Quellen wieder zum Vorschein kommt. Wenn man aber einmal den porösen Boden als die Quelle für die Kohlensäure des Wassers in ihm annimmt, so wird man wohl auch den Boden für die Quelle der Kohlensäure der Luft in ihm annehmen müssen; denn die vom Boden ausgehende Kohlensäure geht ebenso leicht, ja noch leichter in die Luft als ins Wasser über.

Ich habe übrigens einen direkten Beweis gesucht, und

wie ich glaube auch gefunden, dass gerade an der Stelle von München, wo ich in verschiedenen Tiefen des Bodens beobachtete, die Kohlensäure der Luft im Boden unmöglich vom Grundwasser herrühren kann, sondern vielmehr umgekehrt, dass das Grundwasser Kohlensäure aus der über ihm liegenden Grundluft aufnehmen muss. Um das Grundwasser an der nämlichen Stelle fassen und untersuchen zu können, wo auch die Grundluft zur Untersuchung entnommen wird, liess ich mir unmittelbar neben den im Boden steckenden Bleiröhren eine eiserne Röhre, einen sogenannten amerikanischen Brunnen, eintreiben, aus welcher man mit einer aufgesetzten Douglas-Pumpe reichlich Wasser an die Oberfläche heben kann. In etwas weniger als 6 Metern von der Oberfläche erreichte man den Wasserspiegel. Aus dem etwas über 4 Centimeter weiten Rohre kann man in der Stunde mehr als 1000 Liter Wasser pumpen, ohne darnach ein Sinken des Grundwasserstandes wahrzunehmen.

Ich war nun im Stande, Grundwasser, über welchem sich unmittelbar die Bodenschichten befanden, aus welchen die Luft zur Untersuchung auf Kohlensäure genommen wurde, gleichzeitig zu beobachten und zu untersuchen. Das Wasser dieses amerikanischen Brunnens zeigte bei einer Versuchsreihe im August und September 1871 im Liter im Mittel 122 Milligramme sogenannte freie Kohlensäure,*) bei einer Versuchsreihe im Oktober und November 123 Milligramme.

---

*) Was unter freier Kohlensäure im Münchener Trinkwasser zu verstehen sei, darüber habe ich mich in unsern Sitzungsberichten 1860 S. 294, und ebenso 1871 S. 170 ausgesprochen. In der letztern Mittheilung habe ich einen Schreibverstoss zu berichtigen, der in der Berechnung des Herrn Ditsch stehen geblieben ist. 1 Liter Wasser wird dort mit 63 und 64 Milligramm Kohlensäure angegeben, und es muss heissen 63 und 64 Cubikcentimeter, was 124 und 126 Milligramm Kohlensäure entspricht. Die ganze Bestimmung des Herrn Ditsch wird nächstens wiederholt werden.

Das ist wesentlich der gleiche Kohlensäuregehalt, welchen auch das Wasser der Thalkirchner Leitung zeigt, wie es in meinem Laboratorium ausfliesst. Von diesem ergab eine Versuchsreihe im August und September im Mittel für 1 Liter 125 Milligramme Kohlensäure, bei einer anderen Versuchsreihe im Oktober und November gleichfalls 125 Milligramme sogenannte freie Kohlensäure in Liter.

Was also die Menge Kohlensäure anlangt, welche aus dem Wasser möglicherweise an die Luft übergehen kann, verhalten sich das Wasser der Thalkirchner Leitung und das Wasser des amerikanischen Brunnens im physiologischen Institute gleich, und kann eines für das andere dienen. Nachdem ich diese Erfahrung gemacht, war es leicht zu erheben, wie viel Kohlensäure ein solches Wasser an darüberstehende Luft abgeben kann, bis jenes Gleichgewicht zwischen Kohlensäuregehalt der Luft und des Wassers eintritt, dass keines dem anderen mehr Kohlensäure entziehen und mittheilen kann, sondern wo sowohl der Kohlensäuregehalt der Luft als des Wassers unverändert bleibt. Ich liess in eine etwa 14 Liter fassende Glasflasche durch einen doppelt durchbohrten Kautschukpfropf Wasser fallen, und durch einen Heber, dessen eines Ende innen bis auf den Grund der Flasche reichte, dessen anderes aber nach aussen etwa 1 Decimeter höher mündete, als das andere Ende im Boden der Flasche, wieder abfliessen. Der Heber konnte also erst wirken, wenn das Wasser in der Flasche höher als 1 Decimeter stand. Ein in die Wasserschichte in der Flasche unaufhörlich herabfallender Wasserstrahl nimmt stets Luft mit unter die Oberfläche des Wassers, die in Blasen wieder aufsteigt, so dass die in der Flasche bleibend eingeschlossene Luft eigentlich beständig mit dem durch eine Röhre im Pfropf ein- und durch den Heber abfliessenden Wasser geschüttelt wird. Die Flasche war zu Anfang des Versuchs mit Luft aus dem Freien gefüllt, wurde dann mit der Wasserleitung in geeignete Verbindung gesetzt und 22 Stunden lang darin belassen. Das durch den Heber in einer Minute ablaufende Wasser wurde zeitweise gemessen, woraus sich berechnete, dass in 22 Stunden ohngefähr 1034 Liter Quellwasser durchgeflossen waren. Nachdem die Flasche von der Wasserleitung getrennt war, wurde die darin befindliche Luft mit einer gemessenen Menge (9 Liter) desselben Wassers verdrängt, und durch eine Röhre mit Barytwasser zur Absorption der Kohlensäure getrieben. Der Versuch ergab, dass die 22 Stunden lang mit Thalkirchner Quellwasser in der Flasche geschüttelten 9 Liter Luft 4. 41 pro mille Kohlensäure aufgenommen hatten, also etwa 10 Mal mehr, als die atmosphärische Luft enthält.

Am nämlichen Tage, an dem dieser Versuch angestellt wurde, am 10. November, machte ich auch eine Bestimmung der Kohlensäure in der Luft 4 Meter tief im Boden (Röhre I). Diese Grundluft stand damals etwa 1¹/₂ Meter über dem Grundwasserspiegel, und konnte, da zu dieser Zeit der Kohlensäuregehalt im Boden von unten nach oben abnimmt, für den Fall, dass das Grundwasser die Kohlensäurequelle für die Grundluft wäre, auf keinen Fall mehr Kohlensäure enthalten als die Luft in der Flasche. Die Untersuchung der Grundluft ergab aber an diesem Tage 6.52 pro mille Kohlensäure, mithin 48 Procent mehr, als das Grundwasser im günstigsten Falle an eine es unmittelbar berührende Luftschichte abgeben konnte.

Der Versuch erschien mir so wichtig und entscheidend, dass ich ihn wiederholte und zwar unter noch schärferen Anforderungen. Ich nahm die nämliche Flasche, mit denselben Vorrichtungen wieder, liess aber das Quellwasser viel längere Zeit und in viel grösserer Menge durchlaufen; auch die in der Flasche befindliche bleibende Wasserschichte war höher und dem entsprechend das Volum der eingeschlossenen Luft kleiner. Während 45 Stunden liefen diessmal ohngefähr 4300 Liter Quellwasser durch die in der Flasche eingeschlossene Luft, deren Volum etwas mehr als 7 Liter betrug. Der Kohlensäuregehalt der in der Flasche eingeschlossenen Luft war schliesslich 4.54 pro mille, also nahezu ganz der nämliche wie beim ersten Versuche. Die geringe Erhöhung um $\frac{13}{100000}$ beim zweiten Versuche rührt daher, dass beim ersten Versuche die Luft in der Flasche, als sie verdrängt und durch Barytwasser geleitet wurde 11° C, beim zweiten Versuche 19° C Temperatur hatte, wodurch beim zweiten Versuche eine Spur Kohlensäure mehr aus dem in der Flasche zurückgebliebenen Wasser abgedunstet sein mochte.

Am nämlichen Tage, an dem der zweite Versuch beendigt wurde, am 13. November, wurde auch der Kohlensäuregehalt der Grundluft in Röhre I wieder bestimmt, und 7.03 pro mille gefunden, d. h. um 54 Procent mehr, als sein könnte, wenn das Grundwasser die Kohlensäurequelle für die Grundluft wäre. Der Kohlensäuregehalt im Grundwasser war unmittelbar vor und nach diesen beiden Versuchen bestimmt und gleich gefunden worden.

Durch diese Versuche scheint mir bewiesen zu sein was auch aus andern Thatsachen schon erschlossen werden konnte, dass der poröse Boden die Quelle der Kohlensäure sowohl für das Wasser, als auch für die Luft in ihm ist, und dass mehr Kohlensäure von der Grundluft als vom Grundwasser aufgenommen und fortgeführt wird.

Welche Processe im Münchner Geröllboden die in der Grundluft in verschiedenen Tiefen sich findende Kohlensäure liefern, — alles was sich darüber sagen lässt, ist vorläufig mehr oder weniger blosse Hypothese. Von der über den Kalkgerölle liegenden, sehr spärlichen Humusschichte kann man im vorliegenden Falle die Kohlensäure der unteren Schichten nicht ableiten, aus dem einfachen Grunde, weil die Menge der Kohlensäure in der unmittelbaren Nähe der m

Humus bedeckten Oberfläche stets am geringsten ist, hingegen nach unten in dem Maasse zunimmt, als die Geröllschichten sich von der Humusschichte entfernen. Mir ist am wahrscheinlichsten, dass organische Processe im Boden, welche vom Leben der niedrigsten Gebilde, der Protisten, wie sie Huxley, Häckel und Andere auf dem Grunde des Meeres gefunden haben, auch die Hauptquelle der Kohlensäure im Boden sind. In diesem Falle darf man nicht übersehen, dass das organische Leben bezüglich der Kohlensäure ein zweifaches sein kann, einmal ein Kohlensäure verzehrendes, verminderndes, wie in der Pflanze, dann ein Kohlensäure ausscheidendes, vermehrendes, wie im Thiere. Beide Processe können im Boden nebeneinander gleichzeitig verlaufen, und die bei der Untersuchung gefundene Kohlensäure könnte vielleicht gar kein direkter Ausdruck für die Intensität des kohlensäurebildenden Processes, sondern nur für die Differenz der Intensität der beiden Richtungen, der Kohlensäure ausscheidenden und verzehrenden organischen Thätigkeit sein.

Jedenfalls scheint es mir nothwendig, diese fortlaufenden Kohlensäurebestimmungen in der Grundluft in München nicht nur in ihrer bisherigen Ausdehnung fortzusetzen, sondern sie noch zu vermehren. Namentlich scheint es mir wichtig, dass dieselben Untersuchungen auch an andern Orten, mit anderer Bodenbeschaffenheit wiederholt werden. Verschiedene Bodenbeschaffenheit wird wahrscheinlich sehr grosse Unterschiede bedingen.

Die Thatsachen verschiedenster Art drängen gegenwärtig mächtig dahin, dass wir dem Boden und den organischen Processen in ihm grössere Aufmerksamkeit als bisher zuwenden. Die Meteorologie hat sich zu einer Wissenschaft entwickelt, die aber bisher — mit Ausnahme von Temperaturmessungen — an der Erdoberfläche sich eine Gränzlinie gezogen hat. Aber diese Gränze ist eine willkürliche, keine natürliche. Gleichwie auch Wärme, Wasser und Luft in den Boden eindringen, so muss mit ihnen auch die Meteorologie unter die Oberfläche hinab sich fortsetzen, sie wird dort der Geognosie und der Physiologie begegnen, und wenn alle drei zusammen wirken, wird sich manches Räthsel lösen, mancher Nutzen daraus ziehen lassen.

Schliesslich möchte ich nur noch einige Worte über die Ursachen der verschiedenen Vertheilung der Kohlensäure in verschiedenen Tiefen und über die zeitweisen Schwankungen in gleichen Tiefen sagen. Die grosse Porosität des Münchner Geröllbodens (die von Wasser und Luft einnehmbaren Zwischenräume betragen nach vielen Messungen mehr als 35 Procent des Volums dieses Bodens) liesse eine sehr gleichmässige Vertheilung der Kohlensäure in der Grundluft erwarten. Das Gesetz der Diffusion und der Vorgang der Ventilation lassen aber eine solche Gleichmässigkeit nie zu Stande kommen. Die Grundluft ist von der darüberstehenden freien Atmosphäre durch die Bodenoberfläche nur sehr unvollständig abgeschlossen, die Luft im Boden steht mit der Luft über ihm in ununterbrochenem Verkehr sowohl durch Diffusion, als auch durch Luftwechsel oder Ventilation. Diffusion und Ventilation sind wohl die Hauptursachen, wesshalb selbst bei einer in allen Schichten ganz gleichmässigen Entwicklung der Kohlensäure die oberen Schichten doch immer weniger davon enthalten würden als die unteren.

Es ist sehr die Frage, ob nicht die beständig aus dem Boden kommende Kohlensäure einen wesentlichen Antheil am Kohlensäuregehalt der freien Luft und seinen Schwankungen hat. Roscoe hat durch eine Reihe von Bestimmungen die unerwartete Thatsache constatirt, dass die riesige Industrie von Manchester, welche wesentlich auf die Verbrennung von Steinkohlen angewiesen ist, mit all ihren Schornsteinen den Kohlensäuregehalt der umgebenden Atmosphäre nicht nachweisbar zu verändern vermag, so gross ist die sofortige Verdünnung in dem über Manchester wegziehenden Luftstrome. Die Schwankungen des Kohlensäuregehalts der Atmosphäre müssen daher von viel ausgedehnteren Kohlensäurequellen herrühren. Franz Schulze in Rostock hat kürzlich eine Festschrift zur 44. Versammlung der deutschen Naturforscher und Aerzte veröffentlicht: Ueber den täglichen Kohlensäuregehalt der Atmosphäre zu Rostock, in der es Seite X heisst: „Nachdem ich wiederholt bemerkt hatte, dass mit dem Eintreten von Wind, welcher deutlich ausgesprochen Luft aus dem nordöstlichen Continente brachte, der Kohlensäuregehalt der Luft vergrössert war, und umgekehrt auf Südostwind von weiterer Erstreckung ein Sinken der Kohlensäuremenge folgte, glaubte ich mir sagen zu dürfen, dass das Meer der Heerd einer beständigen Absorption von Kohlensäure aus der Atmosphäre sei, und das Gleichgewicht des mittleren Gehaltes der Luft an Kohlensäure durch das Plus hergestellt werde, welches auf dem Lande aus den vulkanischen Exhalationen, aus thierischer Athmung, den Verwesungsvorgängen, Verbrennungsprocessen und andern noch unklaren Vorgängen resultirt." Sollte vielleicht einer dieser unklaren Vorgänge auch der Kohlensäuregehalt der Grundluft sein?

Die Grösse des Luftwechsels im Boden hängt von den gleichen Ursachen ab, wie der Luftwechsel in unsern Wohnungen, theils von der Grösse der Temperaturdifferenz, theils von der Kraft des Windes, welche entsprechend den vorhandenen Oeffnungen und Poren mehr oder weniger Luft in einem Raume wechseln machen. Ist der Boden wärmer als die Luft, so muss die Grundluft viel mehr ventilirt werden, als im umgekehrten Falle. Im Winter ist der Kohlensäuregehalt der Grundluft nicht bloss desshalb viel geringer, als im Sommer, weil vielleicht bei niedriger Temperatur weniger Kohlensäure gebildet wird, sondern auch weil die über dem Boden liegende schwerere Winterluft die wärmere Grundluft mehr verdrängt: und im Sommer sammelt sich mehr Kohlensäure im Boden, nicht nur weil vielleicht mehr erzeugt wird, sondern auch weil die darüber befindliche Atmosphärs wärmer und leichter als die Grundluft ist, und diese viel weniger verdrängt und fortführt.

Naturnothwendig setzt sich auch die äussere Windbewegung in den Boden hinein fort. Dass windige Tage den Kohlensäuregehalt der oberen Bodenschichten verringern, scheint schon aus den bisherigen Beobachtungen ziemlich deutlich hervorzugehen.

In soferne der Kohlensäuregehalt der Grundluft nicht bloss von der in einer gewissen Zeit erzeugten Menge des Gases abhängt, sondern auch von Diffusion und Ventilation, ist der Vorgang ein sehr complicirter, welcher zu seinem vollen Verständniss noch zahlreicher Versuche und Beobachtungen bedarf. Ueber den Fortgang von Arbeiten in dieser Richtung hoffe ich in einiger Zeit wieder berichten zu können.